随心所欲选自己

[韩]崔银玉 著　[韩]金鹅妍 绘　王瑜世 译

漂亮的我　　超级自信的我

很会画画的我　擅长跳舞的我　真正的我

中信出版集团 | 北京

图书在版编目（CIP）数据

随心所欲选自己 /（韩）崔银玉著；（韩）金鹉妍绘；
王瑜世译. -- 北京：中信出版社，2022.7
（"谁最珍贵"系列）
ISBN 978-7-5217-4192-6

Ⅰ.①随… Ⅱ.①崔…②金…③王… Ⅲ.①童话—韩国—现代 Ⅳ.① I312.688

中国版本图书馆 CIP 数据核字（2022）第 055721 号

〈내 멋대로 나 뽑기〉
Text © 2018 Choi Eun-ok
Illustration © 2018 Kim Mu-yeon
All rights reserved.
The simplified Chinese translation is published by CITIC PRESS CORPORATION in 2022,
by arrangement with GIMM-YOUNG PUBLISHERS, INC. through Rightol Media in Chengdu.
本书中文简体版权经由锐拓传媒旗下小锐取得(copyright@rightol.com)。
Simplified Chinese translation copyright © 2022 by CITIC Press Corporation
ALL RIGHTS RESERVED
本书仅限中国大陆地区发行销售

随心所欲选自己
（"谁最珍贵"系列）

著　　者：［韩］崔银玉
绘　　者：［韩］金鹉妍
译　　者：王瑜世
出版发行：中信出版集团股份有限公司
　　　　　（北京市朝阳区惠新东街甲4号富盛大厦2座　邮编　100029）
承　印　者：北京中科印刷有限公司

开　　本：720mm×970mm　1/16　　印　张：5.75　　字　数：78千字
版　　次：2022年7月第1版　　　　　印　次：2022年7月第1次印刷
京权图字：01-2022-2887
书　　号：ISBN 978-7-5217-4192-6
定　　价：20.00元

版权所有·侵权必究
如有印刷、装订问题，本公司负责调换。
服务热线：400-600-8099
投稿邮箱：author@citicpub.com

目录

因为自己而心烦！……1

变了的我……16

最酷的一天……24

项链和戒指……33

世上最最完美的我……46

太不像话了！……55

这真的是我吗？……67

徐敏珠，就是我……78

作家的话……84

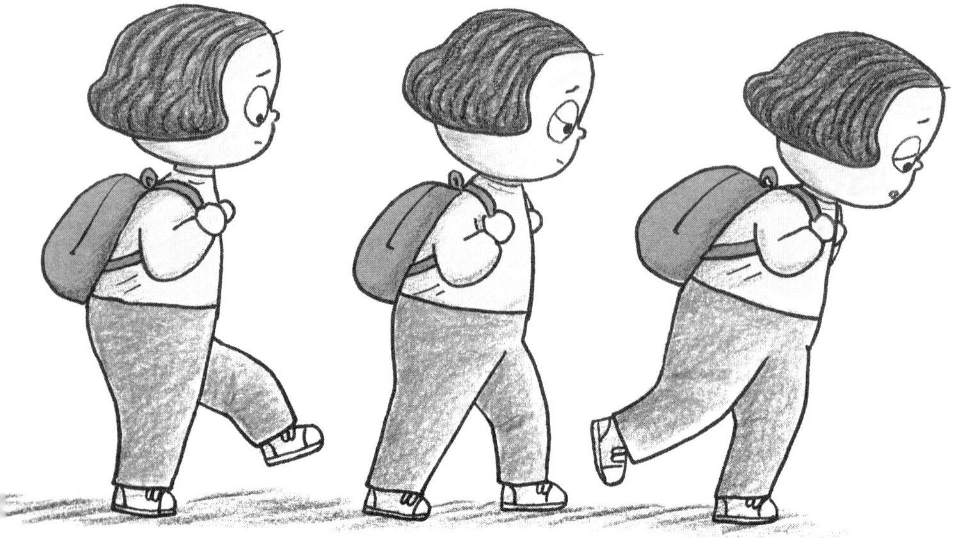

因为自己而心烦!

我停下了慢吞吞的脚步,长长地叹了口气。

"唉——!"

伴随着呼出的气息,我的肩膀也跟着耷拉下来。虽然我走路的速度比乌龟和树懒还要慢,可学校还是出现在眼前了。我歪着头看了看挂在校门上的横幅。横幅在风中轻轻晃动,看上去笑嘻嘻的,仿佛在捉弄我一般。

宝蓝小学
分享幸福的艺术节

宝蓝小学
分享幸福的艺术节

宝蓝小学

我盯着横幅，目光像是要在上面钻出一个洞似的，喃喃自语道：

"我一点儿也不幸福！真搞不懂为什么要举办艺术节！"

事实上，我们学校一直轮流举办运动会和艺术节。去年开过了运动会，今年自然应该办艺术节了。在艺术节上，学生们会展示自己的手工和绘画作品，并带着父母参加各种活动。艺术节分为两个阶段，第一阶段在教室，第二阶段则在礼堂。操场上还布置了各式各样的体验学习展台。无论学生还是家长对此都充满了期待。只有我除外。

加油，我们的乖女儿！

我想起了今天早上吃饭时妈妈说的话。

"你知道吗,敏珠?妈妈和爸爸好不容易才请了假来参加艺术节,所以待会儿一定别紧张,要好好表现哟。我的乖女儿,加油!"

妈妈卖力地为我喊着加油,还亲了我一下。但这并没有让我感觉好起来。我甚至在想:"要不爸爸妈妈干脆别来了吧?"那样的话虽然有些遗憾,但至少我的心情不会像现在这样沉重。

"真想让爸爸妈妈看到我最优秀的一面啊,可是……"

我的心里常常会响起这样沮丧的话。比起其他同学,我没有什么特别擅长的事情。不仅如此,光是想到要站在很多人面前,我就已经紧张得脸红、心跳加速了。那种感觉就像站在很高的绳索上一样。一、二年级时的我还不至于这样,可不知道为什么慢慢变成了现在这个样子。

"哎呀,烦死了!我为什么这么笨啊!"

如果不是因为周围的同学太多了,我真想

在自己的脑袋上用力地敲一下子。那样至少会让我释放一些压力。看着同学们开开心心走进校门的样子，我既羡慕又嫉妒，嘴巴不由自主地嘟了起来。

没过多久，我步履蹒跚地走过操场，看到同学们闹哄哄地聚在一旁。那是展示我们班绘画作品的地方。

"哇！这幅画画得可真好啊！"

"可不是嘛，和其他的作品完全不是一个水准呢。"

即使不看，我也知道那幅画的作者是谁。在我们班只要说起谁画得最好，就没有人能和宝拉相提并论。宝拉的画就好像自带追光灯效果一样。再联想到自己的画，我不禁皱着鼻子抱怨起来：身为设计师的妈妈，怎么就没遗传给自己一丁点儿绘画方面的天赋呢？

就因为妈妈这次要来参加艺术节，我比以往画得都更加用心。可与宝拉相比，我的画就像三岁小孩的涂鸦一样幼稚可笑。为了躲避吵闹的同学们，我把目光转向了其他地方。

操场上已经有几个体验学习展台在忙碌地准备着。不仅有机器人组装、无人机操控、纳米积木拼搭、伽倻琴[1]试弹等课后兴趣班的活动，还有玩迷你乒乓球和棋盘游戏的地方。此外还有卖简餐和做面部彩绘的摊位。我原本就这样漫无目的地四处张望，可是下一秒，我的目光像被钉住一样瞬间停了下来。

在一片白色帐篷搭建的展台之间，一个五颜六色的帐篷特别醒目，就像游乐园里突然跳出一个小丑一样。但是不管怎么看，都看不出

---

1 伽倻琴：形似筝，是流行于朝鲜、韩国、中国朝鲜族的传统拨弦乐器。琴身木制，长形。演奏时，右手拨弹，左手按弦，发音浑厚。常用于独奏、伴奏和弹唱。

这究竟是个什么展台。或许是还没准备好，帐篷的帘子低垂着，看不到里面的任何东西。

"那个地方是干什么的？"

正当我歪着头打量的时候，一阵风吹来，掀起了帐篷门帘的一角。里面黑漆漆的，有什么东西闪着亮光，那光芒仿佛在呼唤我一般。我吓了一跳，连忙环顾四周，但没有一个人留意到这边的情况。我咕嘟咽了一口唾沫，然后

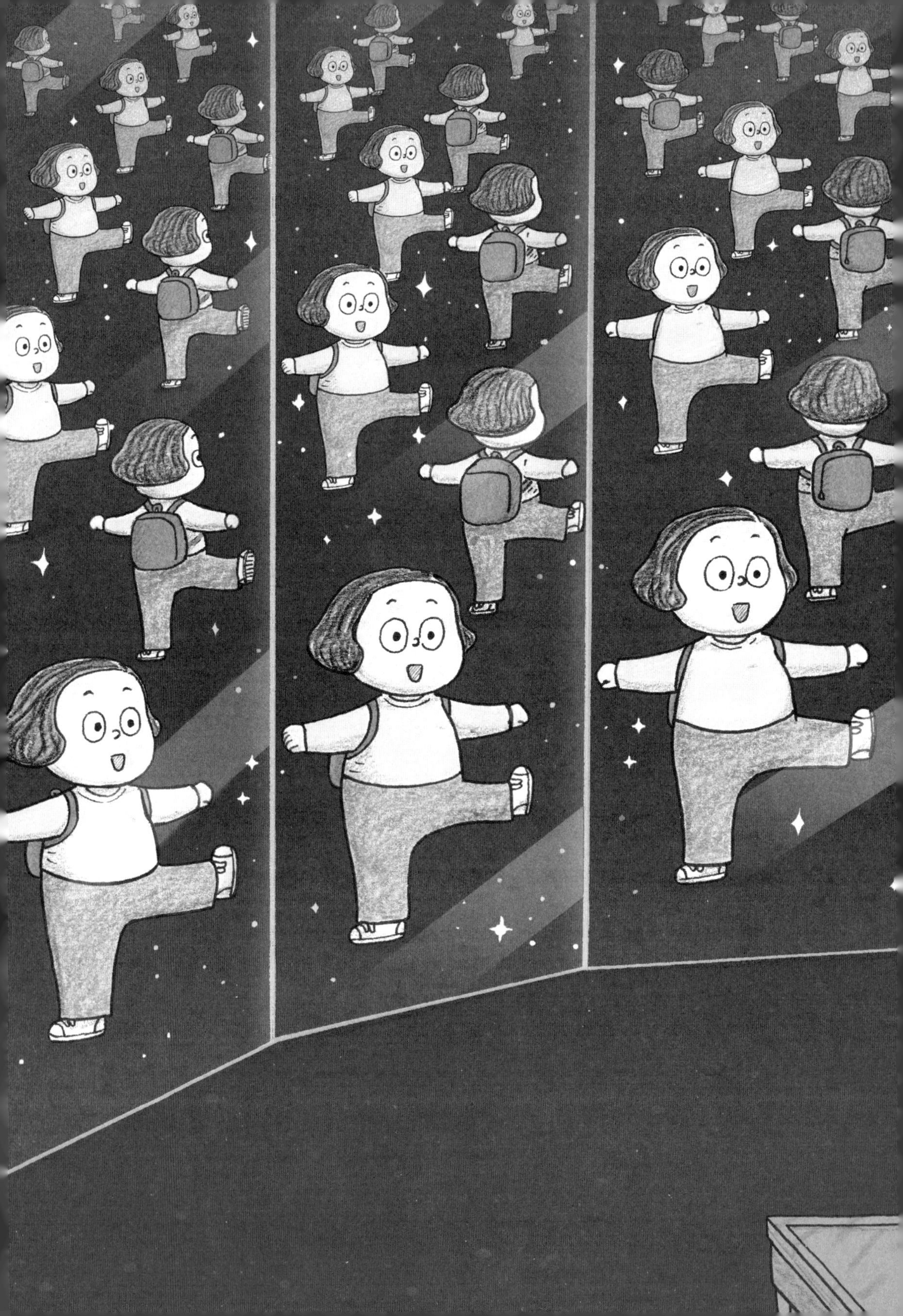

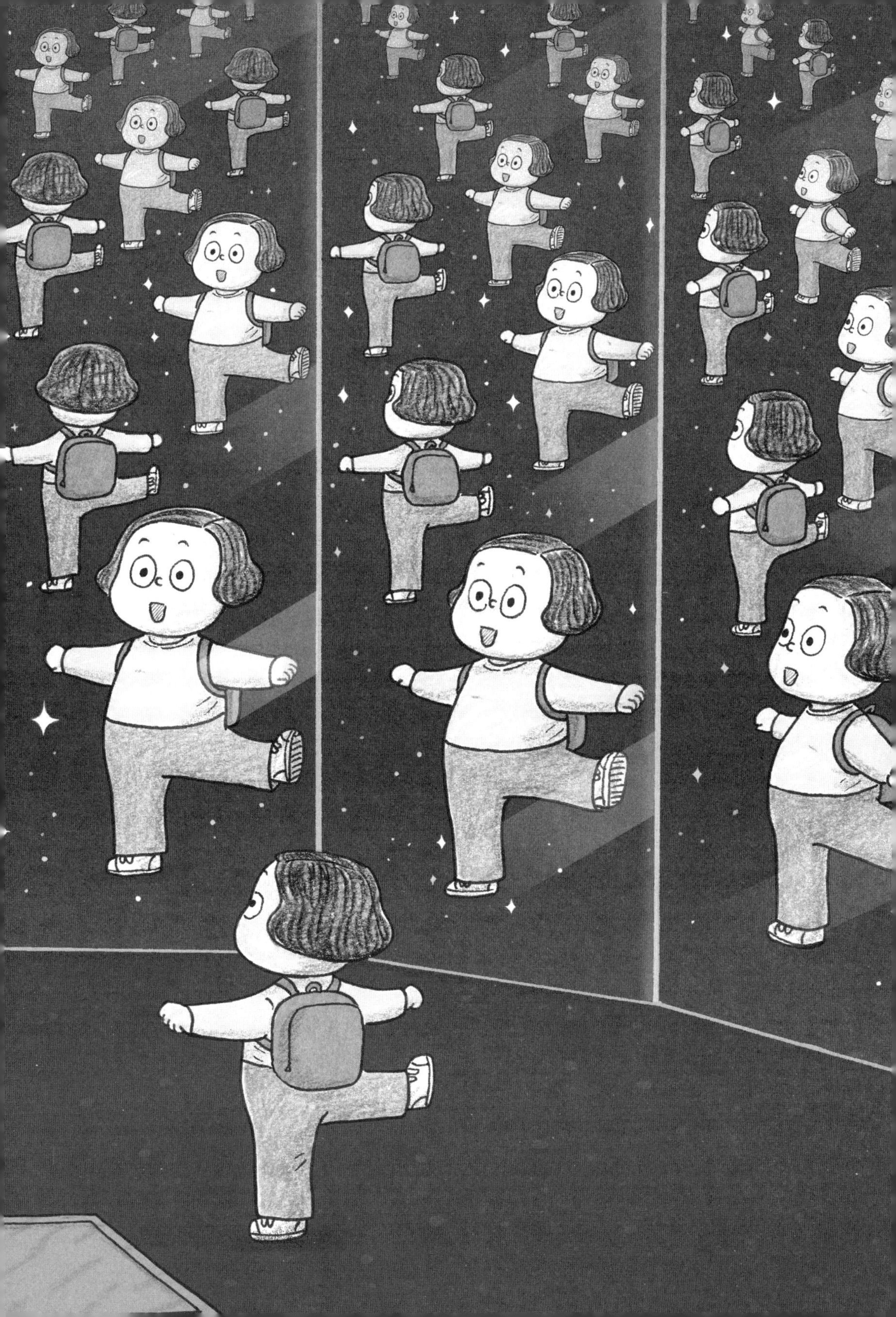

下定决心，一步一步地凑了过去。

　　我在色彩斑斓的帐篷前调整了一下呼吸，随后把耳朵贴了上去，可是听不到任何声音。我有点儿想打退堂鼓，心说要不就当没来过这儿，转身走开算了。但心里面还是对刚才看到的光芒念念不忘。终于，我半蹲下来，掀开门帘慢慢地走了进去。

　　"天啊！"

　　帐篷里面布满了镜子。数不清的镜子里站着无数的我。我现在终于知道刚才是什么东西在发光了。我悄悄地举起小手，镜子里无数的我也都举起了手。我又轮流抬起两条腿，镜子里无数的我也都跟着抬起了腿。

　　"这是让人体验镜子屋的地方吗？"

　　或许是镜子反射的缘故，我的声音听起来像是回声一样。我走到摆放在帐篷中间的一张小桌子前。刚刚在桌前站定，一个声音不知从哪里突然传出来。那声音就像是人站在深深的井里一样，听起来嗡嗡作响。

"快来吧！"

我吓了一跳，连忙停住脚步，瞪大了眼睛正要退后，那声音又说道：

"不要惊讶，我只是声音而已。"

那声音听起来既不是男人的，也不是女人的；既像风声，又像水声。如果声音有颜色的话，我觉得它应该是深蓝色的。

"你不喜欢你自己吗？"

"嗯？"

就在我惊疑不定的瞬间，奇怪的事情发生了。

沙啦啦！

不知道是从哪里冒出来的，小桌子上展开了长长的一列卡牌。因为牌面反扣在桌子上，我猜不出那究竟是什么卡牌。卡牌的背面画着很多奇怪的图案。

"抽一张牌！"

"牌……牌？你说让我抽牌？"

我一边结结巴巴地问道，一边东张西望。

"选出你想要的自己！"

感觉好像有人在看着我，否则的话，我真没法理解现在发生的事情。在我犹豫的时候，那个声音又响了起来。

"一点儿都不难，想想你迫切希望成为的人吧。想想那个名字！"

我突然想起了在以前的艺术节上，有学生表演过纸牌魔术。他会用巧妙的手法把牌迅速地换来换去，也会准确猜中对方选择的牌。也

许，这里其实是魔术课的体验展台吧？如果是那样的话，就没有什么好担心的了，接下来我只要考虑选谁就好了。可马上想出合适的人选也不是一件容易的事情。猛然间，我的脑海里闪过了刚才在操场上发生的事情。

"对啊！宝拉，宝拉不错！"

我在心里喊着，从一列卡牌中选出了一张，然后迅速地翻了过来。

"哇！"

我不由自主地发出了惊叹声。卡牌上竟然

真的出现了我脑海中所想到的宝拉，就仿佛她在牌里面活起来一样。我把抽到的卡牌翻来覆去地看了又看，感觉实在太神奇了。就在这时，我手里的卡牌瞬间飞向了空中，然后就像被吸进去一样消失在镜子里。与此同时，我在镜子里的样子开始迅速改变，穿着和宝拉一样的短裤，头发也变得卷卷的，虽然脸还是自己原先的样子，但头上的蝴蝶结发卡也和宝拉一模一样。我瞪大了眼睛，惊讶得眼珠都快要掉出来了，急忙检查起自己的身体。

"还……还和以前一样！"

和镜子里的情况不同，现实中的我其实什么都没有改变，还是穿着原来的衣服和裤子，短发也依然如故。我歪着头小心翼翼地靠近镜子。无数面镜子里和宝拉穿着同样衣服，留着同样发型的"我"也齐齐地走到我面前。

我盯着镜子看，镜子里无数的"我"也盯着我看。我突然觉得非常害怕，脖子上直起鸡皮疙瘩，就像看到了怪物一样，大喊着跑了出去。

"啊！！！"

变了的我

我脸色发白,朝热闹的人群跑去。操场上的学生明显比刚才更多了,作品展示区前面也同样如此。这让我不由得渐渐放下心来。

"嘿,同学们!那边的镜子……"

我正准备和大伙儿说说我刚刚经历的怪事,一个学生高声喊了起来:

"徐敏珠来了!"

吵闹的孩子们齐刷刷向我看过来,然后突然欢呼起来。

"哇,简直太了不起了!"

"太帅了!太酷了!"

同学们纷纷鼓起掌来欢迎我。我搞不懂究竟发生了什么，一时间有些发蒙，摇摇头朝同学们走去。同班的同学走到我身旁说道：

"敏珠，祝贺你！"

"嗯？祝……祝贺什么？"

"你还没听说吗？你的画在校内美术大赛中得了一等奖呢！低年级的时候就能获得一等奖，这在我们学校可是破天荒第一次啊！"

这玩笑开得有些太大了。"什么嘛，肯定是哪里搞错……"我的话刚说了一半就戛然而止，因为我看见挂在作品陈列架上的宝拉画的那幅画，名签上赫然写着"徐敏珠"三个字。在这幅画的上方还有一个奖状，上面写着"一等奖"。我马上看向我的画，原本属于我的画上反而贴着"尹宝拉"的名签。我不禁有些头晕目眩，脑子也变迷糊起来。

"这……这到底是怎么回事！"

同学们围着不知所措的我，七嘴八舌地说个不停。有说羡慕我的，有问怎样才能画得那么好的，还有打听我在哪里上课外班的。听了同学们的话，我的心情渐渐好了起来，甚至还有了一种错觉，好像宝拉的那张画原本就是我画的。换句话说，虽然有些对不住宝拉，但是我的心底隐隐升起"如果真的是这样的话就好了"的想法。不过话又说回来，等到老师或者宝拉来的时候，究竟谁才是画的主人可就真相大白了。

我纠结了一会儿，很遗憾地开口说道：

"同学们，这不是我的画。"

这时，有人拍了拍我的肩膀。那个人正是宝拉，她笑着说："敏珠，你在胡说些什么啊，莫非是因为太得意了才故意这样说的吗？"

宝拉调皮地瞥了我一眼，挽住了我的胳膊。

"祝贺你，徐敏珠！你画得可真好！我就知道你早晚会得一等奖的！"宝拉高兴得就像她自己得了奖一样，虽然事实本该如此。

我怔怔地看着宝拉。宝拉不像在撒谎的样子，也不像在开玩笑。见我直愣愣地站着，宝拉把我的胳膊挽得更紧了。

"快走吧。老师不是说过要在艺术节开始前最后再排练一次，让咱们早点过去嘛。"

我被宝拉的手牵着，蹒跚地走向教室。我记起老师曾经说过，要在家长们到来之前做好一切准备。

就在我刚要走进教室后门的时候，宝拉突然毫无征兆地凑到我面前，带着一脸怀疑的表情盯着我看。

"怎么了？我脸上沾了什么东西吗？"

我用手在脸上擦了擦，宝拉眼睛里闪着光，

说道：

"不，不是脸，是你的发夹！"

"发夹？"

"是的。你头上的那个蝴蝶结发夹，我好像在哪里见过很多次。"

平时不戴发夹的我一时没明白宝拉说的话是什么意思，稍一琢磨后大惊失色，马上跑去照镜子。

"啊！"

我不禁喊出声来。就像我在镜子屋里看到的那样，宝拉的蝴蝶结发卡真的戴在我的头上。

"选出你想要的自己……一点儿都不难，想想你迫切希望成为的人吧……想想那个名字……"

刚才在镜子屋里听到的声音像波浪一样在我脑海中荡漾。直到此刻我才好像明白了一点儿——为什么宝拉的画上贴着我的名签，为什么突然之间我取代宝拉变成了一个擅长画画的孩子。我突然觉得很对不起宝拉。

"敏珠，看看你的表情，你该不会是担心我要抢走你的发卡吧？"

宝拉像是要打消我的顾虑一样，呵呵地笑起来。

这时老师走进了教室，宣布了我获得一等奖的事，还说今天的艺术节会特别开心和有意义。在老师和同学们暴雨一般的称赞下，我感觉就像吃了一个超大棉花糖那样，心里感到无比甜蜜。

"镜子屋肯定不是课后的魔术体验展台。虽然不知道究竟是怎么回事……"

我并不讨厌现在的这种状态。不知道为什么，我心里很激动，也很欣慰。

过了一会儿，老师让同学们最后一次整理

好座位,然后把世琳叫到黑板前。世琳是我们班最干练的孩子,今天艺术节的第一阶段,我们班由世琳来做主持人。

她不光成绩好,而且无论何时何地都能表现得落落大方、自信满满,所以在选主持人的时候,全班同学一致推荐了她。此刻的世琳一点儿都不紧张，反而似乎很享受站在众人面前的感觉。

"要是让我来主持的话，没准儿我会晕过去。"

我发自内心地觉得世琳很了不起，也很羡慕她。

换作是我，即便是和同学们一起进行短暂的演出也会无比紧张。缺乏自信的我和世琳比起来就像另一个世界的人。我朝走廊里瞥了一眼，已经陆陆续续出现了几位家长。我突然有些喘不过气来，心跳也开始加速，咚咚咚的，像鼓声一样越来越大。

"怎么又开始紧张了？真烦人！"

一个好主意冷不丁地在我脑中闪现了出来。我跟老师说我要去趟洗手间，随后使出全身的力气冲向操场。

"我希望像刚才那样的事情再发生一次！真的再来一次就好！"

最酷的一天

其他的展台好像都准备得差不多了。但是，五颜六色的帐篷前依然毫无动静，这让我觉得很幸运。我像是个打算偷东西的孩子一样，蹑手蹑脚地走了进去。我一边环顾着镜子，一边径直走到那张小桌子前。可我不知道接下来该做什么，这让我有些苦恼。这时，那个声音又从某个地方传了过来。

"快过来吧。看来你还是对自己不满意啊。"

我点了点头，那个声音又说：

"来，选出你想要的自己吧！"

眨眼间，长长的一列卡牌就沙啦啦地排在了桌子上。我回想着刚才听到的话，诚恳地祈求道：

"世琳！我想成为像世琳一样聪明、充满自信的自己！"

然后，在深思熟虑之后，我抽了一张卡牌。

话音刚落，镜子里的我开始迅速变化，穿上了白衬衫和端庄的裙子，还戴上了圆圆的红

色眼镜。镜子里无数变得像世琳一样的我静静地看着现实中的自己。这一次我虽然有点儿吃惊,但已不再像刚才那么害怕了,也没有再逃跑。我小心翼翼地查看着自己的身体。其他的地方都和之前一样,只是不知什么原因,蝴蝶结发卡还像以前一样夹在我的头上。

我向上推了推世琳戴过的红色眼镜,满意地笑了。

刚刚走到大厅,就看到一个同班同学气喘吁吁地跑过来。

"徐敏珠,你到哪儿去了?我刚才去洗手间也没找到你!"

"那个……我刚才……"

同学不等我支吾着把话说完,急急忙忙地打断说道:

"老师让你赶紧过去!人都快到齐了,主持人迟迟不来怎么行啊!"

"主……主持人?"

同学也不跟我继续啰唆,拉起我的手就向教室跑去。

教室里用闪闪发光的彩纸和气球精心装饰过,充满了喜庆的气氛。同学们分别坐在教室的两侧,家长们则坐在教室后边的椅子上低声交谈着。爸爸妈妈高兴地跟我打招呼示意,我也迷迷糊糊地挥手回应着。这时,我听见了其他家长之间传来的窃窃私语。

"我听说这个孩子就是这次美术大赛的一等奖得主。"

"可不是嘛。她不仅擅长画画,而且非常聪明,每次考试都得一百分。"

"今天还担任主持人,真想不到,小小年纪就如此能干啊!"

虽然是家长之间的悄悄话,但在我耳朵里听起来就像扬声器发出的声音一样洪亮。我不由得挺起了肩膀,扬起了脖子。爸爸妈妈看上去也很高兴,嘴角一直保持着上扬的角度。看到爸爸妈妈这样开心,我也觉得很欣慰。

当初下定决心抽世琳那张卡牌的时候，只是希望能像她那样毫不紧张、充满自信地站在台上就足够了，从没想过我会当上主持人。更何况，她连学习成绩都那么好！

"哇！简直太棒了！"

这种喜悦的心情就像在生日当天早上收到了超多美食和礼品，或是在临睡觉之前得到了一份非常大的礼物一样。我又想起了藏在书桌抽屉角落里好几张没敢给妈妈看的试卷。

"以后再也不用担心了。嘻嘻！"

我强忍住了笑意，感觉即使是拥有了翅膀能飞上天空，也不会比现在更开心。

"多亏了镜子屋里抽到的卡牌。"

我依次摸了摸发卡和眼镜，然后又偷偷地看了看宝拉和世琳。她们俩看上去和平时一模一样，好像什么都没有发生过。

"虽然对不住她们，但我感觉挺幸运的。"

就在我心里渐渐安定下来的时候——

"敏珠，你准备好了吧？"

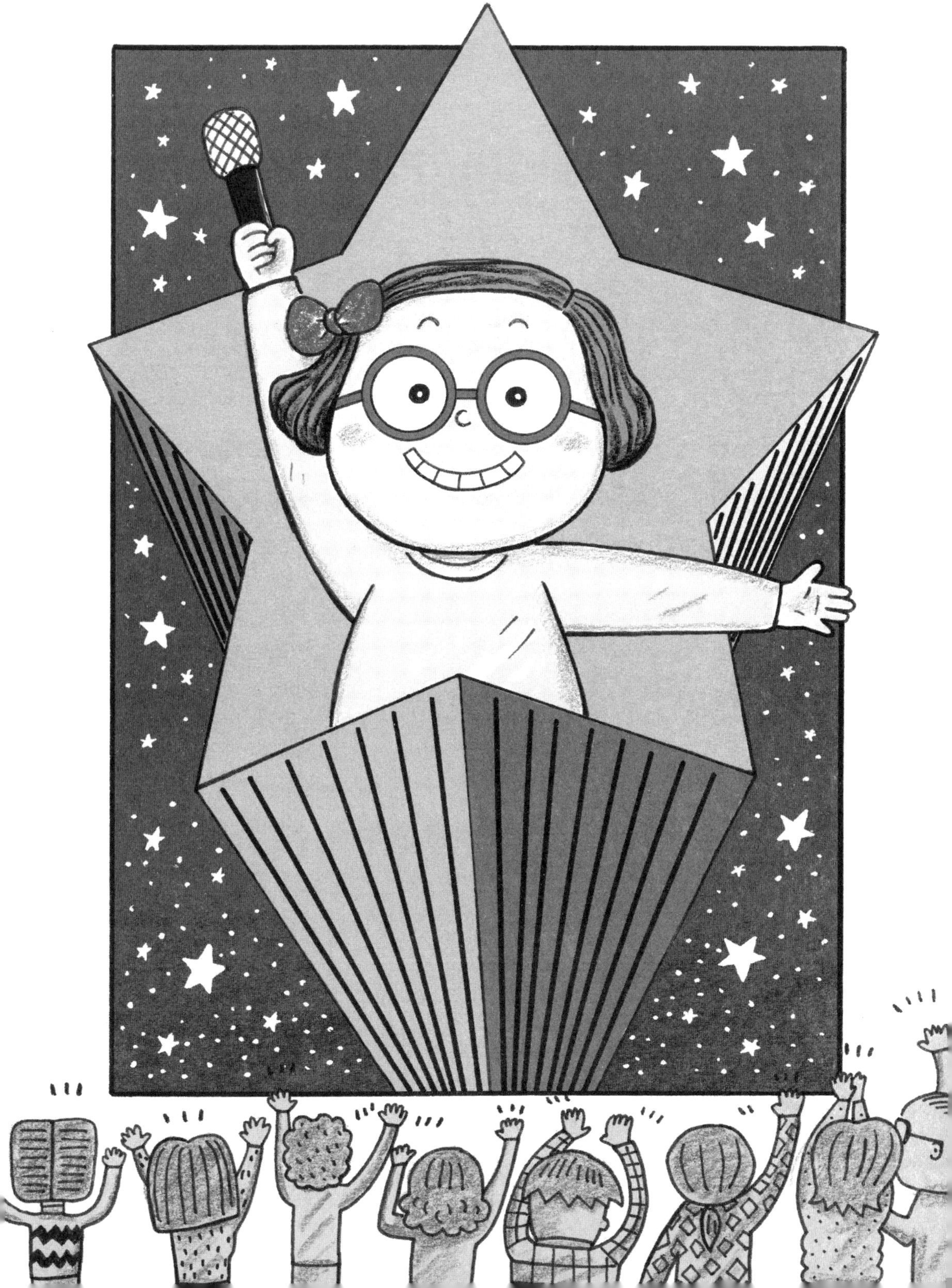

我点了点头，接过老师递来的艺术节日程表。

"你平日就做得很好，只要按照之前练习的去做就行了，好吧？"

我扶了扶眼镜，自信地回答说："好的！"既然发生了神奇的变化，我真的很想好好表现。我觉得自己也能像其他人一样，自信满满地站在众人面前说话。神奇的是，我像从很久以前就成了真正的世琳一样，丝毫没有紧张的感觉。以前每到正式场合心里面就会响起的咚咚咚的打鼓声也消失不见了。我大大方方地走到麦克风前。

"大家好。我是三年级1班的徐敏珠。在今天的艺术节上……"

我清脆的声音响彻了整个教室。

"艺术节第一阶段到此结束。"

随着我说完最后一句主持词，教室里充满了欢呼声和掌声。有很多家长甚至站起来鼓掌。我感觉所有的掌声都是属于我的。除了精彩的主持，我还和同学们一起合唱，一起表演了情景剧，表现得比他们都精彩好几倍。这在很大程度上归功于我今天的声音不再像以往那样低沉，而是变得洪亮清晰。不仅如此，在"猜谜秀"环节中，难度再大的问题也难不倒我，猜谜结束的时候我毫无悬念地获得了最多的奖品。

"哎呀呀，我的好女儿长得像谁啊，怎么这么漂亮又这么聪明呢？"

妈妈揉了揉我的脸颊，宠爱有加地说道。爸爸也拍了拍我的头。

"还能像谁？当然是像我了！"

我很开心，幸福的笑容一直洋溢在我的脸上。

除了爸爸妈妈，老师和同学们也都给予了我很多表扬。一下子得到这么多的称赞，怕是即便几天不吃饭也不会觉得饿吧。

"天天都开艺术节也不赖嘛！"

我紧紧抱住鲜花和礼包,想对世界大声地喊出自己的心声:

"今天是最酷的一天!"

项链和戒指

为了准备下一场演出，我急匆匆地赶去礼堂旁边的化妆间。艺术节的第二阶段是在礼堂里分低年级和高年级进行的。学生们会以班级为单位，表演他们准备的节目或是在课后兴趣班上学到的东西。

我也登上了舞台。之前在妈妈的再三劝说下，我选择的课程是集体舞。还记得刚开学那会儿，正在浏览学校课后活动申请表的妈妈突然睁大眼睛对我说道：

"敏珠啊，这简直就是为你量身定制的课程呢！又能跳舞又能减……总之真不赖！"

虽然妈妈的话刚说了半句就咽了回去，但我很清楚她想说的是什么。她经常对胖乎乎的我说，如果能稍微瘦一些就好了。我当即表示了反对。我原本就不太喜欢运动，更何况是随着音乐扭动身体的舞蹈！只会让我更加感到抵触。但最后我还是在妈妈再三恳切的劝说下……哦，不对，事实上应该是在妈妈同意给我买想要的东西的条件诱惑下，开始了集体舞的学习。

不难想象，集体舞表演成了我今天在艺术节上最担心的部分。不仅需要站在比教室里人更多的礼堂里，而且更重要的是还必须跳舞。不过以我此刻的心情，舞蹈表演似乎也不是什么问题。现在的我对任何事情都充满了信心。

我兴高采烈地走进了化妆间。和我一起参加集体舞课后兴趣班的其他同学已经聚在一起，热火朝天地做着准备。不知道是因为老师给化了淡妆，还是穿上了漂亮舞蹈服的关系，参加表演的同学们看起来和平时大不一样，每个人都很漂亮。其中最最耀眼的人就是雅英。她原本就比同龄的孩子个子高，身材苗条，脸蛋也漂亮，此刻她就像刚从电视里走出来的模特，闪亮的短衫穿在她身上非常合身。

正当我出神地看着雅英的时候。

"敏珠，快过来。你先换好衣服，老师再给你化妆。"

舞蹈兴趣班的老师一边对我说，一边递给我一件漂亮的舞蹈服，上面挂满了亮片。这是为了今天的表演而租来的集体服。看到漂亮的衣服，我有点儿心动了，迫不及待地想试穿，但问题马上就出现了。

"敏珠，你的衣服好像有点儿紧，真的没关系吗？"

老师四处帮我摆弄着穿在身上的舞蹈服，忧心忡忡地问道。我一脸欲哭无泪的表情。看来我不仅没有像妈妈希望的那样瘦下来，反而因为每次放学后吃的零食，变得好像更胖了。看到我不安地扭动着身子，老师很遗憾地说：

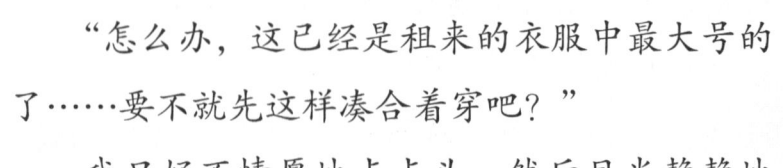

"怎么办,这已经是租来的衣服中最大号的了……要不就先这样凑合着穿吧?"

我只好不情愿地点点头,然后目光静静地向下看去。因为短衫紧贴在身上,所以原本有些凸出来的肚子显得更凸了,看上去就像囫囵个儿吞下了一个大西瓜。

我连忙用两只手捂住肚子，然后深吸一口气！可光顾吸肚子，胖乎乎的屁股又撅起来，看起来比其他孩子大了两倍。

"我不干了！"

我一边沮丧地叹着气，一边挪到角落里躲了起来，不想被其他同学看到。

和其他开心打闹的同学不同，我觉得自己好像孤零零地站在北极的冰原上。就在不久之前，我还像拥有了整个世界一样幸福。我看着雅英自言自语道：

吸气

"真羡慕你。要是能像你那么苗条漂亮该多好啊，我为什么又丑又胖……"

突然一个火花又在我的脑中闪过。

"对了，我不是已经选过两次了吗？"

如此说来，我当然也能选第三次。一想到这里，我便心急如焚地对老师撒谎说我要去礼堂见一下妈妈，然后飞快地脱下舞蹈服向操场跑去。但随着五颜六色的帐篷离我越来越近，我的心情越来越沉重。

"这次恐怕行不通……"

与选择宝拉和世琳时的情况不同，恐怕选择了雅英也不会轻易改变我的外貌。在我看来，那是一件非常非常困难的事情。带着一脸不确定的表情，我小心翼翼地掀开了帐篷的门帘。

当我走到桌子前时，那个声音又响了起来。

"看来你还是不满意，想继续选自己吗？"

"嗯！"

我毫不犹豫地回答道。桌子上又出现了长长的一列卡牌。我在心里喊着又漂亮又苗条的

雅英的名字。我反复喊了十几二十次，生怕行不通，最后才小心翼翼地抽了一张卡牌。

卡牌中站着一个穿着粉色连衣裙，留着长发的漂亮女孩，正是平日里经常见到的雅英的模样。

片刻之后，抽到的卡牌慢慢消失在镜子里。我睁大了眼睛，想看清楚镜子里的我会变成什么样子。

"真的，会改变吗……？"

我忧心忡忡地盯着镜子，渐渐地，我看到了无数个穿着像雅英一样的衣服、留着相同发型的我。我赶忙摸了摸肚子。

"呜哇!"

我对又瘦又平的肚子感到十分陌生,但心里却非常舒畅。同时我也很好奇身高和外貌究竟是怎么变的。为了以防万一,我想去镜子屋外面,找一面普通的镜子来确认自己是不是真的变成了雅英。我摸了摸新出现的项链,急急忙忙地走出了帐篷。不知道是因为肚子上的肉不见了,还是因为心情好,我的脚步前所未有地轻松,就像踩在了软绵绵的果冻上一样。

"真想早点儿看到结果!"

我飞奔到洗手间。刚一站到镜子前,我就惊喜地大喊大叫,完全忘了周围还有其他人。

"天哪!好神奇!个子也长高了一些,而且真的变瘦了!"

我把鼻子凑到镜子前仔细观察。看着既像雅英又像我的脸,心里嘀咕着:

"感觉比雅英还漂亮!"

虽然没法直截了当地说出哪里发生了变化,

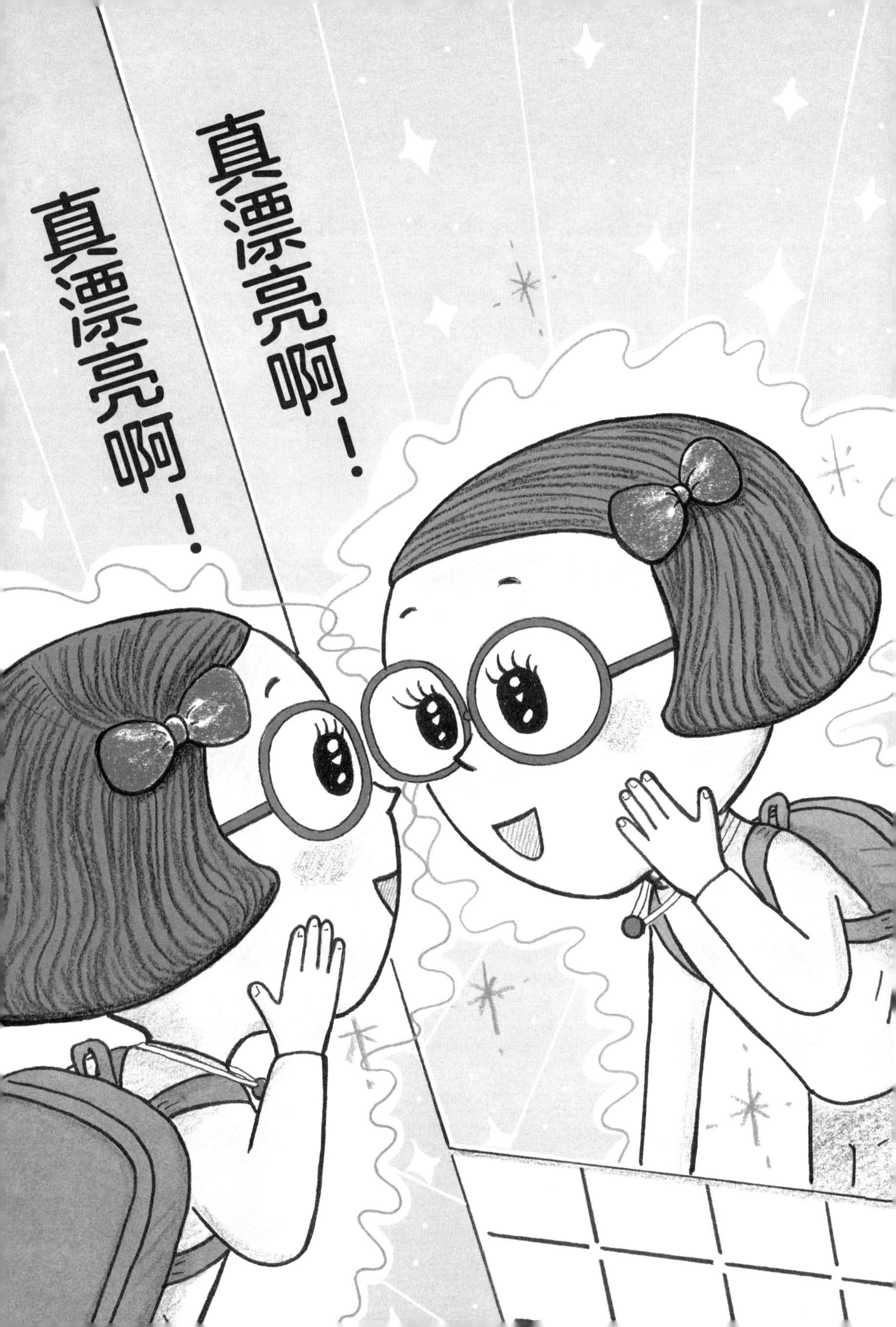
真漂亮啊！
真漂亮啊！

但我还是很喜欢。不仅脸上光彩照人，而且身材苗条高挑，比起画画好、学习好，这样的自己更让我感到兴奋。

就在我意犹未尽地欣赏镜子里面的自己的时候。

"哎呀，你怎么长得这么漂亮！"

一位正在盥洗台旁洗手的阿姨感叹道。然后旁边的阿姨们也都纷纷附和：

"长得像明星谁谁谁。""长得像演员谁谁谁。""肯定会成为有名的演员或模特，要牵一下手。""要得到签名。"……一时间热闹极了。我第一次听到别人这样夸奖我，既害羞又得意，感觉整个人都快要飘起来似的。

我怀着无比激动的心情，一路小跑着穿过走廊。

"简直太令人兴奋了！现在的我应该很适合穿舞蹈服吧。我得抓紧换衣服、化妆啦！"

一想到自己穿着闪闪发光的短衫站在那儿的画面，我高兴得心脏扑通扑通狂跳不止。然而就在这时，有人推了一下我的肩膀。

"啊！"

我站立不稳，摇摇晃晃地差点儿跌倒在地板上。

"哎哟！抱歉抱歉！都怪我太忙了……"

佳熙用轻描淡写的语调敷衍着说道，脸上却丝毫没有歉意。但从她连舞蹈服都还没有换这一点来看，压根儿就感觉不到她忙在哪里。穿着紧身裤和T恤的佳熙在今天的演出中扮演着重要的角色。这是因为她小时候学过舞蹈，所以水平比其他同学都要高出一大截。简简单单的一个动作或者手势，佳熙表现出来的感觉和其他人完全不一样。因为舞蹈实力出众，所以有很多人都羡慕她。佳熙摆弄了一会儿手指上的戒指，突然甩出一句话：

"我说徐敏珠啊，拜托你不要再出错了！可别因为你一个人而毁了整场演出！"

佳熙尖酸刻薄的面孔让我回想起了练习时发生的事情。我曾经有几次失误的时候碰到了

认 真

你！
哼！

旁边的佳熙。每当这时佳熙就会摆出和现在一模一样的表情，就像是在看一只微不足道的小虫子一样。佳熙对着僵立在那里的我扔下这样一句话，然后转过身去。

"哼，光是漂亮和聪明又有什么用？"

怒火像熔岩一样在我心中翻涌。直到佳熙消失在礼堂旁边的化妆间，我依然没有收回紧盯着的目光，眼睛都有些酸疼了。我打消了回化妆间的念头，掉转脚步走向镜子屋。

"李佳熙，等着瞧！"

世上最最完美的我

我站得比其他同学都更靠前一步，随着快节奏的歌声欢快地舞动着，身体像是和音乐融为了一体。看到周围的同学们投来羡慕的眼神，我跳得更加卖力，就连细微的动作也要精益求精。突然间，我看到了和其他人站在同一排的佳熙，忍不住炫耀般地向她抬起了下巴。

整个礼堂欢声雷动，像是在喊："敏珠，你是最棒的！"无论外貌还是实力，我都是无与伦比的。我觉得所有的闪光灯都聚焦到了我的身上。

在舞台前忙碌的拍照人群中，我还看到了爸爸妈妈，他们向我竖起大拇指，显得十分自豪。我站在舞台中央，用灿烂的笑容为演出画上了完美的句号。

一回到化妆间，舞蹈兴趣班的老师就一把抓住了我的手。

"天哪，敏珠！你今天比练习时表现得更好。你简直是无所不能！"

我不以为意地耸耸肩，好像这并没什么大不了的。这时从化妆间外面传来了喧闹声。家长们蜂拥而至，想和刚刚结束了演出的孩子们合影。我也和爸爸妈妈一起照了相。

"敏珠啊，我们多拍几张漂亮的照片留念吧。来，往这边站一点儿！"

爸爸妈妈不停地按着相机快门，高兴得合不拢嘴。我也非常配合地笑着摆出各种姿势。一家人其乐融融，幸福感满满。

"你好，冒昧打扰一下。"

有人走到我们一家人身边，说他看了我的演出，印象非常深刻。

"你愿意来参加我们经纪公司的面试吗？像敏

珠你这样既漂亮又有才华的孩子是很少见的。从现在开始好好培养的话，以后肯定会成为大明星的。"

妈妈接过那人递来的著名经纪公司的名片，激动得不知所措。爸爸也一样。周围的同学们对此都惊羡不已。我从未像这样高兴过，心脏就好像要从胸膛里跳出来一样，感觉自己似乎已经通过了面试，成了举世瞩目的大明星。只要一想到这件事，我就开心得合不拢嘴。

艺术节结束了，爸爸妈妈说要跟老师打个招呼再回来。我说我会在操场上的体验学习展台等着他们。我被同学们簇拥着走下礼堂的台阶。

"敏珠，你什么时候去那个经纪公司啊？"

"敏珠，你那么漂亮，舞跳得也很好，肯定会通过面试的。"

"没错没错。而且敏珠这么聪明，不管做什么都是最棒的。"

"你可不能因为成了明星就装作不认识我们，记住了吗？"

完美的我

超级 目的

画画最好

相貌最美

自信心 100%

跳舞最棒

宝蓝小学分享幸福的艺术节

我笑了笑,就像真正的明星一样,用尽可能优雅的声音回答道:

"别担心。"

同学们似乎比以往更加和蔼可亲,这让我有一种很奇妙的感受,而我并不讨厌这种感受。是啊,画画得很好,学习很好,长得很漂亮,跳舞也很好,所以他们都喜欢我也是理所当然的事情吧。

这时旁边有人指着前方喊道:

"看,那是娜允!"

"没错。娜允啊!咱们一起走吧!"

同学们一拥而上，瞬间就只剩下我一个人落在后面。我静静地看着被孩子们围着的娜允。娜允总是最受同学们的欢迎，我从来没听到有谁说过娜允的坏话。大家都对娜允称赞有加，不管什么时候都愿意和她在一起。

"人气？指的就是这样吧！"

我向操场那边张望着。看着操场上比刚才拥挤得多的人群，我不由得有些担心。

"那个帐篷……不会消失了吧？"

似乎要证明我的担心是多余的，五颜六色的帐篷依然矗立在众多白色帐篷中间，仿佛知道我还会再次寻找它一样。而且它的前面依然一片寂静。我微微一笑，一个箭步冲进了帐篷里面。

镜子里站着和娜允穿着同样的背带裙、扎着两个辫子的我。我仔细地打量着自己改变后的样子。

和前几次出现的发卡、眼镜、项链、戒指

相比，这次情况有些不同。我马上摸了摸两边的脸颊，在和娜允相同的位置，出现了两个小小的圆窝。

"我有酒窝了！"

我嘻嘻笑着，迫不及待地想要走出帐篷，尽快去同学们那儿确认一下。我现在拥有像娜允一样高的人气了，觉得世上再没有什么可羡慕的了。

就在我走出帐篷前的一瞬间，脑海中突然产生了一个疑惑。我又回到桌子前面，小心翼翼地开口问道：

"那个，这个帐篷还会在这儿存在多久？该不会……艺术节一结束就消失了吧？"

"也许吧。"

我遗憾得说不出话来。那个声音又嗡嗡地响了起来：

"怎么？你还想再抽卡牌吗？"

我认真地想了想，然后摆摆手。我想我应该没有再来镜子屋的理由了吧。

"世界上没有比我更完美的孩子了！"

我心中窃喜着,准备转身离去。那个声音好像窥探到了我内心的想法,又响了起来。

"完美的东西不见得都是好的。你可能会渐渐失去珍贵的东西。"

"珍贵的东西,那是什么呢?"

"这个嘛……"

我耸了耸肩,表示对此并不在意。反正自己已经如此优秀了,寻常小事对我来说都不是什么问题。

你可能会渐渐失去珍贵的东西。

太不像话了！

我在操场上一蹦一跳地走着，心情愉悦得就像要飞上天一样。同学们一个接一个地走过来和我说话。

"敏珠，想不想尝尝这个冰激凌？我给你也买了一个。"

"敏珠，你一会儿要做什么？来我家玩吧！"

"敏珠，敏珠，你下周会来参加我的生日派对吗？真希望你能来。"

他们争着嚷着要来挽我的胳膊。看着挤作一团的同学们，我觉得自己就是那个最受欢迎的人,那种美妙的感觉就像是全世界都在为我放烟花一样。

"哇!简直太棒了!我真希望时间就这样停止!"

正当我沉浸在幸福的思绪中的时候,一个同学呆呆地看着我问:

"敏珠,你为什么老是挖鼻孔啊?"

"嗯?我吗?"

如此说来,从刚才开始我就一直觉得鼻腔发痒,鼻子里面像是塞着一个很大的东西。我若无其事地笑着对同学们说:

"我们去做面部彩绘吧。"

和我预想的一样，同学们纷纷表示赞同，说他们也是这么想的，而且催促着快点儿出发。

在体验展台前排队的同学们，喋喋不休地讨论着要在脸上画什么图案。他们大多会选择现在流行的角色或者漂亮的花纹、猫须等。在选择图案这件事上我也很纠结，因为从很早以前我就很想做一次面部彩绘。终于快轮到我了，这时展台里的一个人却皱着眉头说：

"喂喂！这么漂亮的孩子怎么那么使劲地挖

鼻屎啊，太脏了！"

我吓了一大跳。我在不知不觉中仍在不停地挖着鼻子。我飞快地把手指从鼻孔里抽出来，把粘在指尖上的大块鼻屎胡乱地擦在衣服上。同学们皱着眉头议论纷纷。我的脸唰的一下子红了，连面部彩绘都不做了，匆忙地从人群里溜走，快步走到操场角落的长椅上。

"哎呀，太丢人了！为什么我会做那些从来没有做过的事啊？"

我满脸沮丧地噘起嘴来，然后想起来爸爸妈妈说过很快就会来找我，于是左顾右盼地开

始寻找他们。可这会儿操场上的人太多了,找起人来很不容易。

我突然想起了爸爸说过会在无人机体验学习的展台见面,赶忙浏览起挂在每个展台上面的小条幅。

"太奇怪了……"

我揉了揉眼睛,又看了看,但是远处的字看起来还是很模糊。

"怎么回事,从来没有这样过……"

我瞬间想起了世琳戴着的红色眼镜。她还说过当初就是因为看不清黑板上的字,所以才

开始戴眼镜。我赶忙翻书包。舞蹈表演开始前换衣服的时候，我把镜子屋加在我身上的物品都放了进去。

"现在总算能看清了！"

我很庆幸地戴上了眼镜。然后我歪着头陷入了沉思，感觉有点儿不对劲。

"我除了变得像世琳一样聪明之外，莫非眼睛也变得像世琳一样不好了？那么其他人的……"

我的头发不知不觉地都竖了起来。我赶忙一股脑儿地把东西从书包里翻出来。

"天哪！我明白自己为什么会挖鼻孔了！"

我紧紧地握住发卡，像是要把它捏碎一样。我想起宝拉就经常会做那样的事，不禁哑然失笑。接下来我不禁开始担心自己会不会在某些方面复制了雅英、佳熙或者娜允的缺点。但即使我绞尽脑汁，也想不出什么确切的事情。我愤怒地瞪着五颜六色的帐篷，猛地跳了起来。

"这算什么事啊，太烦人了！怎么连这些毛

病都……"

就在我气呼呼地要去算账的时候。

"敏珠啊，原来你在这儿啊！我们都找你半天了！"

爸爸妈妈不知道什么时候过来的，他们旁边站着之前一起排队去做面部彩绘的同学们。

"多亏你们帮我找到了敏珠，真是太感谢了。"

妈妈拍着同学们的肩膀称赞道，大家也跟着笑了。但是妈妈的话一句也没传进我的耳朵里，我的注意力全都集中在同学们脸上的漂亮彩绘上，心里莫名其妙地翻涌起了什么东西。

"嘿，我说，你们是不是以为画成这样，自己就会看起来很漂亮啊？哼！"

我撇着嘴冷嘲热讽道。同学们的脸瞬间都变成了土色。爸爸吓了一跳，开口训斥道：

"敏珠，你怎么能这样和同学说话！"

"怎么了，我也没说错啊！他们还没有我的脚指头漂亮，而且……"

没关系，别哭了！

　　我突然间反应过来，赶紧捂住自己的嘴，佳熙说过的话和尖酸刻薄的脸都浮现在了我的眼前。

　　"天哪！我现在就像佳熙一样……"

　　就在我惊慌失措的时候，嘴巴又不受控制地继续说道：

　　"喂喂，刚刚你给的那个冰激凌是我吃过的最难吃的！还有你，我为什么要去你家参加生日派对，你以为我愿意和你们这些小八爪鱼混在一起吗？"

　　我瞪大了眼睛，把嘴捂得更紧了。我慌慌

张张地跑走了，担心再待下去会说出什么更难听的话。

随后，我被跟上来的爸爸妈妈训斥了好一阵子。这是我第一次挨训。我对爸爸妈妈说自己真的做错了，因为我也知道刚才的行为有多糟糕。妈妈把手放在我的肩膀上，轻声问道：

"敏珠，发生什么事了吗？你以前总是能和朋友相处得很好，今天的表现可不像是你啊。"

妈妈看我没有回答，低下头继续补充道：

"为了能留给朋友们，敏珠连自己最喜欢的糖果都要存起来，舍不得吃，今天为什么会这样呢……"

镜子屋的事在我嘴边转来转去，但是我觉得不能说出来，只能默默地低着头。

爸爸看见我没精打采、垂头丧气的样子，试图缓和一下气氛，开口说道：

"这样吧，为了庆祝敏珠公主在艺术节上的精彩表现，现在我们去吃天空自助餐怎么样？"

"真的？"

我兴奋地抬起头来。天空自助餐是我最喜欢的餐厅，那里有世界上所有好吃的食物。但是因为价格很贵，所以只能在特殊的日子里偶尔去一次。哇！只是想想就已经让我忍不住流口水了。

我哼着歌在餐厅里四处穿梭，盘子里的食物堆得像小山一样高。然而回到了座位上，我却没有吃下去多少，只是用叉子不停地翻搅着。爸爸很奇怪地问：

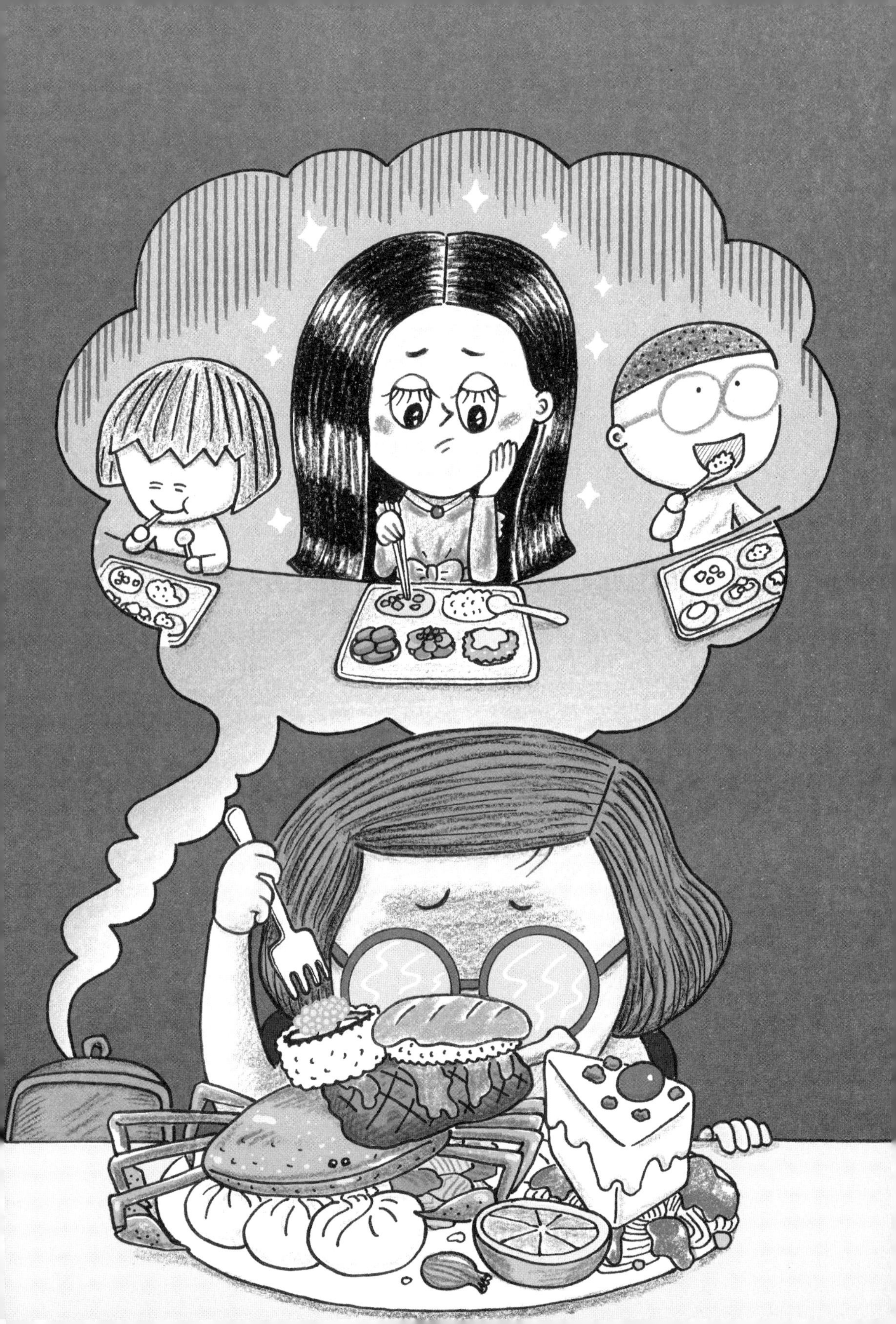

"怎么了敏珠？你不会已经吃饱了吧？还是胃不舒服？"

我沉重地摇了摇头，像是背负着世上所有的艰辛。

"那为什么闷闷不乐的，完全不像你平日的样子？你以前不管什么都吃得香香的，那样看起来多好啊。"

我的泪水止不住地流了出来，继而哭得上气不接下气。

"我也很想吃。可是……又吃不下去……"

"这话是什么意思？"

"我不知道！我很想吃，但我又吃不下去！呜呜！我讨厌雅英！"

我好不容易才忍住的泪水又涌了出来。

这真的是我吗?

我就像失去了最珍爱的宝物似的大哭了起来。虽然爸爸妈妈一直在安慰我,但我还是哭个不停。我哭得太厉害了,连自助餐都没怎么吃就出来了。

"敏珠忙碌了一天也很累了吧?爸爸有个好办法能让你立刻开心起来。在这里等着我,我去去就回。"

看着跑向公寓门厅的爸爸,妈妈一副恍然大悟的表情。

"对对!一会儿你肯定会破涕为笑的,敏珠最喜欢的东西就要出现啦。"

我眨了眨眼睛，没理解妈妈说的话是什么意思。但爸爸很快就回来了，我马上就明白了他们说的是什么意思。从爸爸旁边欢快地跑过来的正是小白狗可可。我和可可在一起已经有一年多了。爸爸妈妈有的时候会很忙，多亏了有可可的陪伴，我才不会感到孤单。和可可一起捉迷藏、玩球、打滚、聊天是世界上最幸福的事情。我的嘴角露出了笑容。

"可可！"

我张开双臂跑了过去，可可的尾巴摇得也更猛烈了。但是，就在我想把可可抱起来的瞬间，诡异的事情发生了：可可突然变得很可怕！可可的脸原本非常可爱，但现在在我的眼中只有尖尖的牙齿，看起来非常大、非常锋利，似乎下一秒就会咬向我。我不管三七二十一拔腿就跑。爸爸妈妈在身后大声呼喊着我，我却头也不回地逃之夭夭了。

啊啊啊啊啊啊

我蹲在超市前褪了色的遮阳伞下，既伤心又沮丧。胃里感觉很不舒服，就像有一次严重晕船时那样。脑子里也乱糟糟的。我觉得整个事情都乱成了一锅粥。但我经过一番激烈的思想斗争，最终还是下定了决心。我咬着嘴唇跳了起来。

"没什么大不了的，只要忍住不就行了嘛！挖鼻屎怎么了，骂人又怎么了，同学们想说什么，就让他们说去呗！而且少吃点儿还能变瘦！虽然不能和可可一起玩儿让我很伤心……"

一想到可可，我就再次哽咽了，对害怕小狗的娜允充满了怨气。似乎是要把这些想法刻在自己脑中一样，我大声地对自己说道：

"没关系！我现在很漂亮，学习很好，跳舞很好，画画也很好！而且很受欢迎！我不再是以前的我了！大家都羡慕得不得了呢！"

我想起同学们羡慕的话语和家长们赞许的眼神，努力地想笑出来。接下来还得去一趟经纪公司，为了能顺利通过不久后的试镜，我下定决心这个时候无论如何都要忍耐下去。

就在我打算起身离开的时候，超市的大婶拿着货物准备出来摆放。我因为每天都会来买糖果或饼干，所以和大婶很熟。但是今天大婶却一直盯着我看。我有点儿尴尬地朝大婶鞠躬问好，大婶也有些尴尬地回应道：

"嗯嗯，好……好。"

我觉得很奇怪。换作以前，大婶肯定会说："敏珠来了啊，你今天过得怎么样？"

"大婶，你怎么了？"

听到我的问话，大婶挠了挠头，一脸尴尬。

"不……不好意思……可小姑娘你是谁啊？看起来很眼熟，可就是想不起来……"

"大婶，我是敏珠啊！"

"哦，对了。是敏珠啊！那个很有礼貌也很爱笑的漂亮敏珠啊。哎呀，我也不知道自己怎么就是想不起来了。敏珠，今天过得怎么样啊？艺术节一切都顺利吗？"

我点了点头，然后走进了商店，大婶依然不好意思地在笑。

"昨天见过，前天也见过，怎么突然不认识我了啊？"

就在我自言自语的时候，看到两个同班同学从外面经过。我轻轻地举起手来跟他们打招呼。那两个孩子互相看着对方，一脸疑惑地摇着头，就像不认识我似的，耸了耸肩径直走开了。

"怎么回事啊？他们为什么不理我？是没认出我吗？"

我嘴角动了动，本想追上去说句话，最终还是放弃了。这时从小巷的尽头传来了爸爸妈

妈焦急寻找我的呼喊声。

"敏珠啊！敏珠啊！"

看来我刚才那样没有理由地逃跑让爸爸妈妈十分担心。听到他们的声音，我既内疚又开心，赶忙朝声音传来的方向跑去。正好爸爸妈妈也向我这边走来。

我大声地喊着爸爸妈妈，但是妈妈和爸爸一脸惊讶地同时问道：

"你是谁啊？"

那一瞬间，我的心脏好像停止了跳动，身体僵硬得连一根手指都动不了。爸爸看着脸色苍白的我，疑惑地问：

"莫非你是我们家敏珠的朋友吗？"

我咬紧嘴唇，片刻后终于忍不住放声大哭起来。在一旁一直盯着我看的妈妈非常担心地问道：

"你没事吧？看起来身体不太舒服的样子。"

我没有回应，爸爸和妈妈看上去很焦急，叮嘱我赶紧回家，然后就匆匆地从我身边快步走过。看着爸爸妈妈消失在小巷里的背影，我感觉全身的气息一丝丝地被抽走了，然后像个泄了气的洋娃娃一样，一屁股瘫坐在地上。

我漫无目的地走着，不知不觉来到了家附近的公园，以前我经常和爸爸妈妈一起来这里玩，还会带可可来这里一起散步。目光所及之处都是和家人在一起的记忆：曾经骑自行车的广场，曾经携手走过的步道，曾经吃零食的草坪，曾经打水漂儿的小湖……坐在树下的我慢慢地站了起来，走到了湖边。我捡起一块石头，远远地扔了出去。凌乱的水波荡漾开来，就像我的心情一样大起大落。

"爸爸妈妈竟然认不出我了……"

我感觉整个世界都崩塌了，只剩下我一个

人。我不停地抹着眼泪。

"我只是想在艺术节上给大家展现优秀的一面……"

真不明白事情为什么会变成现在的样子。

我静静地看着水面,看到了很会画画的宝拉,还看到了学习好又干练的世琳,除此之外还有漂亮苗条的雅英,像艺人一样会跳舞的佳熙,还有被所有人喜欢的娜允。

"我以为把她们都选上了,自己就会变得更加完美……可这真的还是我吗……"

这既不是宝拉、世琳或是其他人,好像也不是我。我看着水里的倒影,突然感到非常害怕,不由得"啊"地大叫了一声,还差点儿失足掉进湖里。

"啊啊啊!我……我的……我的名字叫什么

来着……"

不管我怎么想都想不起来,就像从一开始就没有名字一样。一阵寒风吹过,我浑身瑟瑟发抖。

"可能会渐渐失去珍贵的东西……"

在镜子屋里听到的声音从我心里响起。一想到真正的自己有可能会消失,我的喉咙就像被什么东西堵住了一样,连呼吸都变得困难起来。我握紧了拳头,开始拼命地往学校跑去。

我一边跑一边不停地想。我是谁……我叫什么名字……但是想来想去只能想起宝拉、世琳、雅英、佳熙、娜允的名字,仿佛脑海里就只存在过这些名字一样。

徐敏珠，就是我

    操场上一个学生都没有，空荡荡的，就像现在的我，只剩下一个空壳。幸运的是，体验学习展台还没有完全撤走。在它们当中，我看到了一个越来越模糊的五彩帐篷，感觉一阵风吹来就会消失一样。

    上气不接下气的我赶紧走了进去。

    "还想……选……自己吗……？"

    声音断断续续地持续着。我连忙点头，桌子上又摆满了卡牌。不知为何，卡牌也变得朦胧起来。

    "快点儿……说出你想要的……那个

名字……"

我心急如焚，但就是想不起来自己的名字。跑来的路上我就一直努力地在回想，但是脑海里只有我名字那三个字是漆黑的。

"我想要的名字是……那个名字是……"

我急得直跺脚，心里像着了火一样。仿佛对我心中的焦急一无所知，帐篷里的一切正在变得越来越淡。我急得眼泪止不住地夺眶而出。

"我的名字是……我的……我的名字是……呜呜……"

颤抖的声音变成了抽泣声。

我能听到我内心深处的声音，就像从深深的井里发出的回声一样嗡嗡作响。

"这是我送给你的最后一份礼物……"

如果声音有颜色的话，我觉得它应该是深蓝色的。我想我已经隐约知道镜子屋里的声音来自哪里了。眼前无数的镜子中开始出现一个又一个景象。

我看到了虽然人气不高，但愿意和朋友分

享糖果、一起玩耍的我；看到了虽然长得不漂亮还有点儿胖胖的，但是吃东西很香、很健康的我;看到了虽然在很多人面前很紧张也没有自信，但不管见到谁都很开心地打招呼的我。除此之外还有更多生活中的我：画画得有点儿差，给开花的花盆浇水，学习成绩一般，跌倒了拍拍尘

土就站起来，跟爸爸妈妈一起给可可洗澡，看着夜空中的星星说好美……

虽然都是一些不起眼的小事，但似乎这些就已经足够了。我擦着脸颊上的眼泪，嘻嘻地笑了。

"这才是真正的我……"

我慢慢地走到镜子前，轻轻地触摸着镜子

里的自己。

"……像现在这样，就很酷……敏……珠……呀……"

我心里一阵刺痛，终于想起了那个名字，那个无比珍贵的、我自己的名字。我饱含深情地大声喊道：

"我想选敏珠！徐！敏！珠！真的真的想选我……！"

我茫然地向周围张望，不知发生了什么。我依然站在五颜六色的帐篷前面。看到我不知所措的样子，帐篷里面有人走了出来。一个装扮成小丑的人手里拿着一沓卡牌对我说：

"可以稍等一会儿再来体验魔术吗？我这里还没准备好呢。"

我稀里糊涂地点了点头，然后我环顾了一下操场。几个学习体验展台刚刚开始布置，同学们正带着兴奋的表情走进校门。我注意到展示我们班绘画作品的地方，几个同学正聚在一起吵吵闹闹的,和我早上看到的那个场景一模一样。我想我现在全都明白了,笑着朝展示区走去。

画得最好的那幅作品上贴着宝拉的名签,而我的画上贴的是徐敏珠的名签。我很喜欢这幅画和这个名字。"同学们,这幅画是我画的。徐!敏!珠! 就是我,我!"同学们用诧异的眼光看着我,我却毫不在意,笑着跑进了教室。

不知为什么,我对今天的艺术节充满了期待。

作家的话

小朋友们都喜欢自己吗？

我去学校或图书馆演讲的时候，会遇到很多小朋友。他们住在不同的地方，他们的长相不同，他们的想法也不同。但神奇的是，每当问到他们"你想选什么样的自己"的时候，他们的回答几乎是一样的。男孩子们一般会选擅长运动的自己，女孩子们一般会选苗条漂亮的自己。如果不区分男孩和女孩，最多的回答是选学习好、聪明的自己。除此之外，还有擅长画画的自己、擅长写作的自己、擅长跳舞的自己、擅长玩游戏的自己、擅长唱歌的自己等。

那么这次让我来问问正在读这本书的各位小朋友："你想选什么样的自己呢？"不知道答案会和我在演讲时听到的完全不同还是类似呢？

我希望你们的答案是各不相同的，尤其是在读完《随心所欲选自己》之后。因为和真实的自己相比，擅长某一件事的自己并没有那么重要。

和朋友一起开心玩耍的自己，懂得仰头欣赏树上花开的自己，听了悲伤的故事会哭的自己，知道给爸爸妈妈按摩肩膀的自己，骑自行车时跌倒也会继续爬起来的自己，即使和朋友吵了架也会很快和解的自己，这些都是非常美好的自己。

事实上，世界上没有完美的人。我们都或多或少有这样或那样的缺点。那么有了缺点又该怎么办呢？接受自己现在的样子，然后努力去爱自己就可以了。那样的话，幸福的种子就会生根发芽。

现在，请大家将双手放在胸前拍拍吧。

"我现在非常酷，也非常自豪！"

喜欢孩子欢笑声的
童话作家　崔银玉